Charles Dickens

PARA TODOS

© Sweet Cherry Publishing
Oliver Twist. Baseado na história original de Charles Dickens, adaptada por Philip Gooden. Sweet Cherry Publishing, Reino Unido, 2022.

Dados Internacionais de Catalogação na Publicação (CIP)
Angélica Ilacqua CRB-8/7057

Gooden, Philip
  Oliver Twist / baseado na história original de Charles Dickens, adaptação de Philip Gooden ; tradução de Ana Paula de Deus Uchoa ; ilustrações de Pipi Sposito. -- Barueri, SP : Amora, 2022.
  96 p. : il.

ISBN 978-65-5530-429-9
Título original: Oliver Twist

1. Literatura infantojuvenil inglesa I. Título II. Dickens, Charles, 1812-1870 III. Ucho, Ana Paula de Deus IV. Sposito, Pipi

22-4823   CDD 028.5

Índices para catálogo sistemático:
1. Literatura infantojuvenil inglesa

1ª edição

Amora, selo editorial da Girassol Brasil Edições
Av. Copacabana, 325, Sala 1301
Alphaville – Barueri – SP – 06472-001
leitor@girassolbrasil.com.br
www.girassolbrasil.com.br

Direção editorial: Karine Gonçalves Pansa
Coordenação editorial: Carolina Cespedes
Tradução: Ana Paula de Deus Uchoa
Edição: Mônica Fleisher Alves
Assistente editorial: Laura Camanho
Design da capa: Pipi Sposito e Margot Reverdiau
Ilustrações: Pipi Sposito
Diagramação: Deborah Takaishi
Montagem de capa: Patricia Girotto
Audiolivro: Fundação Dorina Nowill para Cegos

Impresso no Brasil

GRANDES CLÁSSICOS

OLIVER TWIST

Charles Dickens

amora

No Orfanato

Oliver Twist era órfão. Sua mãe morreu no dia em que ele nasceu. E ninguém nunca soube quem era seu pai. Foi o inspetor quem deu a Oliver o sobrenome "Twist".

O inspetor, cujo nome era sr. Bumble, era um funcionário do orfanato. Ele era responsável por encontrar lares para os órfãos e garantir que eles fossem recebidos. Mas o sr. Bumble não tinha muito tempo para as crianças.

Oliver cresceu nesse orfanato, o lugar que cuidava de crianças pequenas sem pais.

A igreja da região pagava ao orfanato pelos cuidados com

as crianças, mas não pagava muito...
com certeza não o suficiente para
brinquedos, bolos, árvores de Natal
ou qualquer coisa de que as crianças
gostassem.

Uma mulher chamada sra. Mann era
quem administrava o orfanato. Ela era
interesseira e guardava para si a maior
parte do dinheiro que deveria gastar
com as crianças. Como resultado, os
órfãos viviam com fome e só tinham
roupas velhas e rasgadas, sempre muito
grandes ou pequenas demais.

Oliver Twist era um menino pálido e magro, embora muito inteligente, gentil e espirituoso. Com nove anos, ele já estava velho demais para continuar vivendo no orfanato. Então, o sr. Bumble teve que levá-lo para um abrigo. Era lá que os pobres viviam e eram alimentados – ainda que sem muito conforto – em troca de trabalho.

O trabalho de Oliver era desfazer fios velhos das cordas de navios para que a fibra pudesse ser usada novamente. Era um serviço chato e que machucava as mãos.

Oliver e outros meninos que trabalhavam lá comiam em uma enorme sala, feita toda de pedra.

Uma grande tigela de cobre ficava em um dos cantos do local, e o diretor do abrigo servia conchas de sopa na hora das refeições.

A verdade era que a sopa era muito rala. E os meninos podiam tomar uma concha só... mais nada. Isso

era tudo o que comiam ao longo do dia. A exceção era alguma ocasião especial, quando cada um ganhava um pequeno pedaço de pão.

Durante meses, Oliver Twist e seus colegas passaram fome. Por fim, já desesperados, decidiram que alguém tinha que reclamar, alguém precisava pedir mais comida. A tarefa ficou a cargo de Oliver Twist.

A noite chegou e os meninos se sentaram em seus lugares. O diretor, com seu uniforme de cozinheiro, ficou ao lado da tigela de cobre.

A sopa foi servida e tomada até a última gota.

Os meninos cochicharam e piscaram para Oliver. Dois deles o cutucaram. Oliver não aguentava mais a fome e a miséria. Então ele se levantou, com a tigela e a colher na mão, e caminhou até o diretor.

— Por favor, senhor, eu quero um pouco mais de sopa — disse ele.

O diretor ficou pálido. Em choque, ele olhou para Oliver por alguns segundos enquanto os outros meninos tremeram de medo.

— O quê?! — gritou então o diretor, incrédulo.

— Por favor, senhor — respondeu Oliver — quero um pouco mais.

O diretor bateu na cabeça de Oliver com a concha e chamou o sr. Bumble aos gritos.

O inspetor arrastou Oliver até a diretoria do abrigo. Todos pareciam bem alimentados e bem-vestidos, ao contrário de Oliver.

Eles estavam em uma reunião muito importante quando o sr. Bumble entrou. E ele foi logo dizendo:

— Peço perdão, senhores, mas Oliver Twist pediu mais comida!

Todos olharam horrorizados.

— Pediu mais? — perguntou um senhor que usava um colete branco.

— Estou entendendo que ele pediu *mais*. Isso depois de ter comido toda a sopa do jantar?

— Isso mesmo, senhor — respondeu o sr. Bumble.

— Esse menino... essa história não vai acabar bem — disse o homem. — Tenho certeza disso.

Os diretores ordenaram que Oliver ficasse trancado durante aquela noite. Na manhã seguinte, um cartaz foi colocado do lado de fora do abrigo, oferecendo cinco libras para quem levasse o menino.

Logo, encontraram alguém disposto a levar Oliver: o sr. Sowerberry, um agente funerário. Ele era um homem alto e magro, que usava um terno preto surrado.

Ele achou que Oliver seria útil, varrendo e limpando a oficina onde os caixões eram fabricados.

O sr. Sowerberry não era um homem ruim. De certa forma, a vida de Oliver com ele era melhor do que no abrigo, embora ele tivesse que dormir em um quarto cheio de

caixões semiprontos. Por outro lado,
a esposa do sr. Sowerberry era uma
pessoa difícil. Ela era azeda e mal-
-humorada, e não gostava de Oliver.
Havia outro jovem assistente
na funerária, Noah. Ele
se achava muito melhor
que Oliver. Sempre
provocava e zombava do
menino, chamando-o
de "abrigo", além de
viver insultando a
mãe de Oliver. Ora,
Oliver não conseguia
se lembrar da mãe. Ele
nem sabia o nome dela,

mas se importava com o que diziam a respeito dela.

Um dia, as provocações de Noah foram longe demais e eles brigaram. Oliver ganhou, mas Noah foi reclamar com o sr. e a sra. Sowerberry.

Os Sowerberrys encararam Oliver como juízes.

— Noah xingou minha mãe — disse Oliver. — Foi por isso que eu bati nele.

— E daí que ele fez isso? — perguntou a sra. Sowerberry.

— Sua mãe mereceu o que ele disse, merecia até mais.

— Não merecia, não – disse Oliver.

— Merecia, sim — disse a sra. Sowerberry.

— É mentira! — gritou Oliver.

A sra. Sowerberry desabou em lágrimas. O sr. Sowerberry foi forçado a agir. Ele bateu em Oliver várias vezes e depois o mandou para a cama, no quarto dos caixões.

Uma vez sozinho, Oliver percebeu que não tinha nada para ele ali.

Nem família.

Nem futuro.

Ele tinha que fugir.

Na casa de Fagin

Quando os primeiros raios de sol brilharam pelas venezianas do quarto, Oliver se levantou. Silenciosamente, destrancou a porta que dava para a rua e parou.

Esquerda ou direita?

Ele virou à esquerda, subiu uma colina e depois atravessou alguns campos.

Ele passou pelo orfanato da sra. Mann e sentiu um arrepio. Quando chegou numa estrada, sentou-se ao lado de uma placa.

Ela dizia: LONDRES 112 km.

Era longe, mas tudo bem. Oliver estava determinado a buscar sua sorte longe dali.

Ele sobreviveu aos próximos dias graças à gentileza de um pedreiro, que lhe deu pão e queijo, e de uma velha, que lhe deu um pouco de dinheiro, algumas poucas moedas.

Na sétima manhã depois de ter partido, Oliver chegou mancando à cidade de Barnet, perto de Londres.

Ele praticamente desabou bem em frente a uma porta. Estava exausto.

Depois de algum tempo, Oliver notou que um menino de sua idade o olhava. O menino era baixo, tinha o nariz arrebitado e olhinhos penetrantes.

— Olá! — disse ele a Oliver. — O que me conta de novo?

— Estou com muita fome e cansado — respondeu Oliver. — Estou andando sem parar há sete dias.

— Andando há sete dias?! — perguntou o menino. — Então você vai querer um pouco de comida, e você vai ter. — Numa loja perto dali, ele comprou um pouco de presunto e um pedaço de pão para Oliver.

Oliver descobriu que o nome desse seu novo amigo era Jack Dawkins, embora a maioria das pessoas o chamasse de Trapaceiro Astuto.

— Indo para Londres? — perguntou Jack.

— Sim — disse Oliver.

— Tem lugar para ficar?

— Não.

— Tem dinheiro?

— Não.

— Tenho que estar em Londres esta noite e conheço um senhor que mora lá — disse Jack. — Ele pode arranjar um lugar para dormir de graça.

Jack e Oliver passaram o dia inteiro caminhando até Londres. Às sete horas da noite, eles chegaram a uma região mais suja da cidade.

As ruas eram estreitas e estavam enlameadas. Homens e mulheres descansavam nas portas.

Os bebês gritavam dentro das casas em ruínas, e as crianças corriam por toda parte.

Oliver pensou em fugir de novo, mas então Jack o agarrou pelo braço e o levou até uma das casas.

Um homem de aparência rude colocou a cabeça para fora de uma porta no final de uma viela. Ele segurava uma vela e havia uma mulher atrás dele.

— Ora, é o Trapaceiro — disse a mulher.

— Olá, Nance — disse Jack.

— Vocês estão em dois — resmungou o homem. — Quem é o outro?

— Um colega novo — disse Jack. — Fagin está lá em cima?

— Ele está separando o saque — disse o homem.

Os dois meninos subiram uma escada escura e instável.

Lá em cima, Jack abriu uma porta. O cômodo atrás dela estava escuro de tanta sujeira e fuligem. Sentados ao redor de uma mesa havia quatro meninos que tinham mais ou menos a mesma idade de Oliver. Na parede do outro lado da sala, havia camas feitas de sacos velhos.

Um velho enrugado assava salsichas na lareira, com um garfo de churrasco. Ele tinha cabelos ruivos emaranhados e usava um casaco todo engordurado.

— Fagin — disse Jack ao velho — Este é meu amigo, Oliver Twist.

Fagin fez uma reverência na direção de Oliver.

— Muito feliz em vê-lo, meu querido — disse ele.

Os meninos também o cumprimentaram. Eles apertaram a mão de Oliver, ajudaram-no a tirar o casaco e o chapéu e até tentaram esvaziar os bolsos para ele. Mas essa ajuda não era necessária, pois os bolsos de Oliver estavam vazios.

A mesa estava cheia de lenços. Fagin percebeu Oliver olhando para eles e disse:

— Acabamos de deixá-los prontos para lavar, Oliver. Ha, ha, ha!

Seria isso o "saque" que o homem lá de baixo tinha mencionado?

Oliver ficou confuso, mas, acima de tudo, estava com fome. Ele comeu sua parte das salsichas com muito gosto. A comida, junto com a longa caminhada do dia, o deixou sonolento. Ele se deitou em uma das pilhas de sacos e dormiu logo.

Os meninos passavam a maior parte do dia fora da casa. Eles eram amigáveis. Era quase como se todos fizessem parte de uma grande família.

E voltavam para casa com itens variados, como lenços, carteiras, correntes de relógio e, por vezes, até relógios.

Fagin examinava todos os itens e, às vezes, elogiava o menino que tinha feito aquele trabalho. No entanto, o velho ficava muito zangado se algum menino voltasse para casa sem nada.

Como tinham tempo para fazer essas coisas? Oliver não sabia.

O garoto tinha um pouco de medo de Fagin, embora o velho lhe desse comida e abrigo. Tinha mais medo ainda do homem do andar de baixo, cujo nome era Bill Sikes.

Sikes tinha um temperamento violento. Os meninos costumavam ouvir as discussões entre ele e a mulher, que se chamava Nancy.

Como todo mundo, Nancy tinha medo de Sikes, mas parecia amá-lo também. Ela era gentil com Oliver. Sorria sempre e perguntava como ele estava. Oliver não sabia como responder, mas era bom ter alguém que se preocupasse com ele.

Pelas coisas que ouvia, Oliver percebeu que Sikes e Fagin tinham negócios juntos. Mas que tipo de negócios?

Oliver descobriu a resposta cerca de uma semana depois de chegar à casa de Fagin. Ele estava passeando com Jack, a quem agora chamava de Trapaceiro Astuto, como todos os outros, e um garoto chamado Charley.

De repente, Trapaceiro parou.

— Está vendo aquele homem perto da banca de jornais? — perguntou ele.

— Aquele de casaco verde?

— Ele serve — disse Charley.

Oliver se levantou e observou os amigos se aproximarem por trás do homem de casaco verde. Ele estava lendo um livro na banca.

Oliver ficou horrorizado ao ver Trapaceiro enfiar a mão no bolso daquele senhor e tirar um lenço lá de dentro.

Foi aí que Oliver entendeu exatamente o que os meninos faziam todos os dias. Era desse trabalho que vinham todos os lenços, cadernos e relógios.

Seus novos amigos eram ladrões e batedores de carteira!

Oliver ficou ali, assustado e surpreso ao mesmo tempo.

Infelizmente, o homem mexeu no bolso naquele exato momento e percebeu o que tinha acontecido.

Os dois garotos correram o mais rápido que puderam. Oliver fez o mesmo.

Mas ele não era tão rápido e experiente quanto os outros.

No momento em que o grito "Pega ladrão!" foi ouvido, Trapaceiro e Charley desapareceram. Mas Oliver mal havia feito a primeira curva quando foi derrubado por um homem enorme. Uma multidão se formou.

Oliver ficou ali deitado no chão cheio de lama e poeira.

A multidão abriu espaço para deixar passar o senhor da banca e um policial.

— Sim — disse o senhor. — Esse é o menino. — Mas ele não parecia zangado.

Ele encarava Oliver como se tentasse lembrar onde o tinha visto antes.

O policial agarrou Oliver pelo colarinho e o pôs de pé.

— Não fui eu, senhor — disse Oliver.

— Isso é o que todos dizem — disse o policial.

Na Casa do
Sr. Brownlow

As horas seguintes passaram muito rápido. Oliver foi levado para uma delegacia e depois para o tribunal. A única testemunha do roubo era o sr. Brownlow, o senhor cujo lenço tinha sido roubado.

Mas em vez de acusar Oliver de ser o ladrão – ou um dos ladrões –, o sr. Brownlow disse que o menino era inocente.

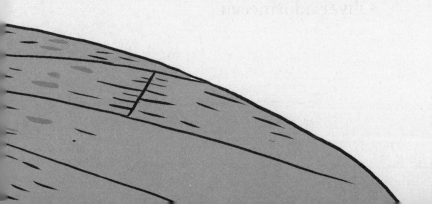

O caso foi arquivado e Oliver, liberado. Momentos depois, quando deixou o tribunal, o sr. Brownlow viu Oliver deitado na calçada, pálido e tremendo.

— Pobre menino! — disse o sr. Brownlow, abaixando-se até ele. — Alguém chame um táxi, rápido.

Oliver, sem entender muito bem o que estava acontecendo, entrou na carruagem e deitou-se no banco. O sr. Brownlow também entrou. Apesar do barulho da carruagem e da batida dos cascos do cavalo, Oliver adormeceu.

Oliver acordou em um quarto aquecido e confortável. Havia uma senhora ao seu lado. Ele tentou se sentar, mas ela disse baixinho:

— Calma, meu querido. Fique quietinho ou adoecerá novamente.

— Eu fiquei doente? — ele perguntou.

— Você teve febre, mas o pior já passou.

A porta se abriu e um homem entrou. Oliver reconheceu o sr. Brownlow. Ele sorriu ao ver o menino acordado.

O homem veio até a cabeceira da cama e olhou para Oliver. Mas tudo o que ele disse foi:

— Fico feliz em ver que você já tem um pouco de cor nas bochechas.

Nos próximos dias, Oliver recuperou as forças. E descobriu que estava na casa de John Brownlow. Aquela senhora era a governanta. Eles eram pessoas muito gentis e estavam bastante preocupados com o menino.

Oliver estava bem alimentado e podia dormir o quanto quisesse até tarde. Ele foi tratado melhor do que jamais tinha sido em sua vida. O sr. Brownlow até comprou roupas novas para ele.

Às vezes, Oliver tinha pesadelos com o passado. Mas ele não contou nada disso ao sr. Brownlow ou à gentil governanta. Com aquelas pessoas, Oliver agora sentia-se seguro e feliz.

Um dia, Oliver estava com o sr. Brownlow na biblioteca. Havia muitos livros e retratos na parede. Uma das fotos era de uma bela jovem. Algo no rosto dela era familiar, embora Oliver não soubesse exatamente o quê.

O sr. Brownlow olhou atentamente para Oliver e depois para o retrato. Ele se balançou e começou a falar sobre os livros da sala. Oliver os leria um dia, ele disse.

De repente, o sr. Brownlow levou a mão à testa.

— Qual é o problema, senhor? — disse Oliver, que tratava o homem que o tinha resgatado com muito respeito.

— Meu Deus, eu nunca paguei por ele! — disse o sr. Brownlow. — Este livro ainda está no bolso do meu casaco.

Na confusão do roubo de seu lenço na banca de jornal, o sr. Brownlow

enfiou o livro que lia no bolso e não pagou por ele.

O sr. Brownlow ficou nervoso. Ele precisava pagar pelo livro logo!

— Eu vou — disse Oliver, desesperado para fazer algo de bom para o homem que tinha sido tão gentil com ele. — Se confiar em mim com o dinheiro, claro.

— Claro que confio em você, Oliver. Mas você sabe, esteve doente. Talvez não seja bom sair por aí correndo.

— Estou melhor agora — disse Oliver.

Era verdade, ele estava melhor e se sentia mais forte do que nunca. O sr. Brownlow deu-lhe cinco libras e uma carta para o vendedor da banca.

Com o dinheiro e o bilhete guardado no casaco novo, Oliver andou por ruas pelas quais não passava havia várias semanas.

Com Fagin de Novo

Fagin e Bill Sikes não tinham se esquecido de Oliver. Sikes tinha planos para o garoto.

A especialidade de Sikes era invadir a casa de ricos à noite. Oliver era um menino pequeno, do tamanho certo para passar por uma janela estreita, na qual garotos maiores poderiam ficar presos.

Sim, Sikes tinha grandes e vários planos para Oliver.

Fagin e Bill também estavam preocupados. Eles sabiam que Oliver tinha sido preso e levado ao tribunal. E sabiam que o menino tinha sido levado para a casa do sr. Brownlow porque dois comparsas de Fagin correram atrás do táxi para ver onde ele tinha ido parar.

O que eles não sabiam era o que Oliver contava às pessoas. Ele não era um ladrão experiente como Trapaceiro ou Charley. Os dois teriam ficado de boca fechada. Mas Oliver Twist poderia entregá-los a qualquer momento! E poderia até levar a polícia à casa deles!

Eles tinham que colocar as mãos em Oliver antes que ele causasse qualquer problema. Enquanto estivesse na casa do sr. Brownlow, o menino estaria seguro. Mas assim que saísse à rua...

E como teria de acontecer, Oliver saiu à rua.

Na verdade, ele corria pelas ruas. Só pensava em pagar o vendedor e correr de volta para a casa do sr. Brownlow com o troco. Ele queria mostrar o quanto era honesto e confiável.

De repente, ele ouviu uma mulher gritar:

— É o Oliver!

Ele reconheceu a voz de Nancy antes de ver o rosto dela. Era tarde demais quando percebeu que Bill Sikes estava com ela. Sikes agarrou Oliver pelo braço e começou a arrastá-lo para longe. Nancy parecia arrependida de ter gritado o nome de Oliver.

Para as pessoas da rua, que pareciam querer fazer perguntas, Sikes resmungava:

— Este aqui é o meu garoto.

Metade do caminho eles correram e metade cambalearam de volta para a parte mais suja e pobre da cidade. Oliver teria escapado se pudesse, mas o aperto de Sikes era muito forte. E logo chegaram ao esconderijo de Fagin.

Eles atravessaram o corredor escuro e subiram a frágil escada até o cômodo cheio de fuligem.

Fagin estava sentado à mesa examinando os lenços de sempre. Seu cabelo ruivo emaranhado caía um pouco de cada lado do rosto.

Charley e alguns outros garotos estavam descansando em um canto.
— Eu o peguei — disse Sikes.
— Estou feliz em vê-lo novamente, meu querido — disse Fagin.

— O que você tem feito, Oliver? — perguntou Charley. Oliver não respondeu. Ele pensou no sr. Brownlow. Aquele senhor gentil ficaria esperando que ele voltasse da banca de jornal? Como não voltara, o sr. Brownlow pensaria que Oliver tinha pegado o dinheiro e fugido. Aos olhos do sr. Brownlow, Oliver definitivamente seria um ladrão.

Esse pensamento era quase tão ruim quanto estar de volta às mãos da gangue de Fagin.

— Belos trapos novos que você está vestindo — disse Sikes, apalpando o casaco de Oliver.

— E um bom dinheiro também — disse Charley, tirando as cinco libras do bolso do menino.

— Deve ser sua recompensa por tagarelar sobre nós — disse Sikes.

— Esse dinheiro não é meu — disse Oliver.

— Não mesmo. Agora é nosso — disse Charley.

— A quem você contou sobre este lugar? — perguntou Sikes.

— A n-n-ninguém — gaguejou Oliver.

Fagin arrancou as moedas de Charley. O velho agarrou os ombros de Oliver com suas mãos em forma de garra. Ele se abaixou e sussurrou no ouvido do menino:

— Diga a verdade, meu querido.

— Eu não contei nada — disse Oliver.

E era verdade.

Nancy, que estava até então ali parada e em silêncio, disse:

— Oliver não contaria.

— Cale a boca, Nance — disse Sikes. — Só fale quando alguém pedir a sua opinião.

Sikes e Fagin foram até a lareira e conversaram baixinho. Então Fagin disse para toda a sala:

— Aqui não é mais seguro. Vamos para a Ilha de Jacob.

A Ilha de Jacob

A Ilha de Jacob era um pedaço de terra perto das docas de Londres, cercado por um fosso cheio de lama, que se enchia de água quando a maré subia, transformando aquele lugar em uma espécie de ilha. Casas antigas, caindo aos pedaços, enchiam aquele lugar.

As casas eram tão velhas que metade delas já tinha desmoronado, enquanto a outra metade parecia prestes a afundar na lama, incluindo o novo esconderijo da gangue.

Ninguém iria até ali sem necessidade. Era o lugar mais seguro que Fagin e Sikes conheciam. Os outros garotos podiam entrar e sair, mas Oliver não tinha permissão para se retirar. Ele era mantido em um quarto no andar de cima, onde havia duas portas, mas ambas ficavam trancadas. Uma janela dava para o fosso cheio de lama, mas ela era tão pequena que nem mesmo Oliver conseguiria passar por ali.

Nancy trazia pão e queijo para o menino e, às vezes, um pedaço de carne.

— O que vai acontecer comigo? — Oliver perguntou para ela.

Em resposta, Nancy o abraçou. Oliver achou que ela estava chorando. E isso o fez temer por ela... e por si mesmo.

Às vezes, ele ouvia discussões no andar de baixo. Quase sempre era a voz de Bill Sikes, e raramente a de Nancy.

Três ou quatro dias se passaram assim. Nada acontecia.

Então, uma tarde, quando o sol estava se pondo, o barulho lá embaixo atingiu um novo tom.

Sikes gritava, furioso.

Nancy também gritava.

Então, houve um barulho repentino e uma pancada. Parecia que algo – ou alguém – tinha caído com força.

Depois, só um silêncio sinistro.

Oliver encostou o ouvido na porta. Ele não conseguia ouvir

nada além das batidas rápidas do próprio coração.

Ele foi até a pequena janela. Havia uma ponte bem frágil que atravessava o fosso até o outro lado. Eram apenas algumas tábuas amarradas.

A luz estava fraca, mas Oliver viu um grupo de homens atravessando a ponte, um de cada vez, em direção à casa. Houve uma batida forte na porta da frente. Gritos de "Abra!" ecoaram pelo lugar.

Um frenético arrastar de chaves destrancou a porta do quarto de Oliver. Trapaceiro Astuto entrou rapidamente.

— O que está acontecendo? — perguntou Oliver, em pânico.

— São os "armadilhas" — disse Trapaceiro.

"Armadilhas" era a gíria deles para "policiais".

— Bill achou que Nance tinha contado à polícia sobre esse lugar para se livrar dele...

O resto da frase foi abafado pelas pancadas e pelos gritos vindos do andar de baixo. O barulho foi ficando mais alto a cada segundo.

Trapaceiro correu para a outra porta, pegou uma chave e passou por ela tão rápido quanto um relâmpago.

Oliver nunca mais o viu.

Passos pesados subiram rapidamente as escadas. Foi a vez de Bill Sikes entrar no quarto.

O cabelo dele estava bem espetado para cima e ele carregava uma corda enrolada.

Sikes olhou para Oliver como se nunca o tivesse visto antes. E o empurrou com tanta força que Oliver caiu. Sikes parou por um momento na porta por onde Trapaceiro tinha escapado.

À sua frente, Oliver podia ver apenas o céu escurecendo. Sikes disse:

— Todo rato tem que ter um buraco por onde fugir, viu, garoto?

A porta levava para um pequeno espaço entre os telhados das casas vizinhas. Sikes olhou ao redor em desespero, tentando decidir o que fazer.

Ele fez um laço com a corda e o apontou para uma chaminé.

Ele ia tentar descer até o fosso, que agora estava cheio de água da maré que subiu.

Oliver ouviu os policiais lá embaixo. Eles se juntaram a uma multidão que gritava. Era impossível dizer se eles estavam torcendo por Sikes ou zombando dele.

Da porta, Oliver viu a silhueta escura de Sikes contra o céu do pôr do sol.

Ele viu o homem jogar o laço
da corda em direção à chaminé.
O laço não chegou até ela. Então
Sikes perdeu o equilíbrio e caiu da
beirada do telhado. Ouviu-se um
urro lá embaixo. E depois um silêncio
absoluto.

Em Casa

Oliver mais uma vez foi para a casa do sr. Brownlow. Era ali que ficaria agora. Aquele lugar seria a sua casa.

Descobriu-se depois que Nancy tinha procurado John Brownlow.

Ela temia pela vida de Oliver depois que ele foi levado para a Ilha de Jacob. John Brownlow alertou a polícia sobre o esconderijo de Fagin, mas foi Nancy quem pagou o preço.

Sikes a acusou de traí-los e ele a matou.

Oliver sempre pensava em Nancy – em como ela arriscou tudo para salvá-lo. Ele estava feliz por Trapaceiro Astuto ter escapado. E feliz também, de certa forma, por Fagin ter sido preso.

Mas havia coisas novas em que se pensar.

Um dia, Oliver estava na biblioteca do sr. Brownlow. E ficou olhando para o retrato da bela jovem, estranhamente familiar.

O sr. Brownlow o retirou da parede e o colocou próximo de Oliver para ver mais de perto. Ele estudou os dois, lado a lado, o rosto do menino e o da jovem.

— Você não vê a semelhança? — ele perguntou. — Ah, claro, a única pessoa que você não pode ver é você mesmo, Oliver. Aqui, pegue a foto.

Brownlow explicou que a mulher era tia de Oliver. O sr. Brownlow pretendia se casar com ela. Infelizmente, ela morreu antes que o casamento pudesse acontecer. Mas ela tinha uma irmã chamada Agnes, muito mais nova, de quem o sr. Brownlow se lembrava com carinho.

Embora tivesse perdido o contato com Agnes, sabia que ela passara por momentos difíceis e depois teve um filho. O sr. Brownlow tentou várias vezes encontrar aquela criança. E já tinha perdido as esperanças quando, um dia, um grupo de meninos tentou roubá-lo na banca de jornal.

— No momento em que vi você, Oliver, notei que havia algo familiar. Mesmo você estando coberto de sujeira e prestes a ser levado por um policial. Mas eu não tinha certeza.

Eu tive que pesquisar. Falei com pessoas do seu passado que sabiam mais do que lhe contaram sobre sua mãe. E, quando eu tive certeza, você caiu nas mãos de Fagin de novo.

Enquanto falava, a voz do sr. Brownlow começou a tremer.

Oliver não respondeu imediatamente. Ele não conseguia. Então, com o dedo, contornou a imagem do rosto da jovem do retrato. Ela era o elo entre ele e sua mãe. Sua mãe, Agnes. Finalmente ele soube o nome dela.

Charles Dickens

Charles Dickens nasceu na cidade de Portsmouth (Inglaterra), em 1812. Como muitos de seus personagens, sua família era pobre e ele teve uma infância difícil. Já adulto, tornou-se conhecido em todo o mundo por seus livros. Ele é lembrado como um dos escritores mais importantes de sua época.

Para conhecer outros livros do autor e da coleção *Grandes Clássicos*, acesse: www.girassolbrasil.com.br.